夜风颂

王锴 著

中国铁道出版社有限公司
CHINA RAILWAY PUBLISHING HOUSE CO., LTD.

图书在版编目（CIP）数据

夜风颂/王锴著. —北京:中国铁道出版社有限公司，2023.9
ISBN 978-7-113-30177-4

I.①夜… Ⅱ.①王… Ⅲ.①诗集-中国-当代 Ⅳ.①I227

中国国家版本馆CIP数据核字（2023）第069368号

书　　名：**夜风颂**
YE FENG SONG

作　　者：王　锴

责任编辑：冯彩茹　　　　　　　　编辑部电话：（010）51873005
装帧设计：闰江文化
责任校对：苗　丹
责任印制：赵星辰

出版发行：中国铁道出版社有限公司（100054，北京市西城区右安门西街8号）
印　　刷：北京联兴盛业印刷股份有限公司
版　　次：2023年9月第1版　2023年9月第1次印刷
开　　本：880 mm×1 230 mm　1/32　印张：6.25　字数：120千
书　　号：ISBN 978-7-113-30177-4
定　　价：48.00元

序

写诗是一种视角、一种姿态、一种精神的高度，而非落地生根的谋生手段。有才情的人，不仅在云端拥有一双眼睛，也必定在海上拥有一叶孤舟，他们不被洪流淹没，坚定地摇向彼岸。王锴就是这样的人，一位新时代的奋进者，骨子里却流淌着浓浓的诗情。

诗人是语言的拓荒者，是灵魂的歌者，字字句句都在为自己与他者的灵魂供应面包。王锴的诗句有着让银河与天街互为想象的辽阔，有着对生命的审查和对永恒的凝视。他对海的迷恋令我印象深刻——海鸥之于水手，螃蟹之于洞穴，潮汐之于大地……无不透出他对现实秩序的理解与重构。

王锴的诗作中既有反讽、象征、隐喻、拟人拟物以及夸张，也有双关、对敲、互辞、戏仿，甚至旧体古韵，更擅长运用最直接的材料（修辞）搭建他想要的意象。不过这些都只是那叶孤舟的桨橹风帆，给人最直接的观感是清澈，呈现德行之美，不妨将此视为诗人对美学的第一层贡献。

王锴有着明确的输出型价值取向，奥义在于他宏大的视角，善于结构性呈现人与自然的关系，洞悉幽微的人性以及宇宙万物深邃的关联，发乎内心，景是情景，性是人性，美是真美，时而闳放奔流，时而涓涓细流，波澜起伏连绵不绝。在于美学的第二层，诗人试图让通俗白描的语言焕发青春，如同现实中的他努力用激情去抵抗时间的流逝。

公允地说，王锴是一位在场的当代诗人，也许并不体现在先锋性上，而是其显著的当代性，使他成为时下纷纷扰扰的诗坛中的一股清流。而从所有具象的观感中跳出来后，我发现这些书写其实始于足下，我更愿意将这本诗集视为他游历40余国的心灵果实，是他用脚丈量了生命宽度后的彻悟，是他抵达精神彼岸后的一次回眸、面朝大海的低语。

三　蛊

2023 年 4 月

前言

诗歌是一种必需品
是人类精神生活的面包和满足基本生存之外智力活动的小品

诗歌是脑力体操　是自娱自乐

诗歌是诗人关于表达的需求

诗歌是对生命历程的记录　可以长存

除了诗人本身的表达之外　对于诗歌的解读也是诗歌的一部分

诗歌是哲学的形象表达
可以多维视角审视世界

诗歌是有科学意味的
可以遵循奥卡姆剃刀原理进行最简练精确的表达

诗歌是一种媒介
会遇到生命中珍视的人

诗歌可以替万物发声

诗歌可以陶冶性情

简叙几句　抛砖引玉

目录

现代诗

003 今天

004 活在今天

地

005 底比斯的清晨

006 呼伦贝尔

007 秋天的巴黎

008 驶

009 天街

010 青旅

011 澜沧江畔

012 东南亚

海

013   蔚蓝海岸

014   结果

015   担心

016   海

017   海边

018   镜子和大海

019   明朝酒醒何处

020   那年夏天的海

021   上岸

022   失意的人

023   在海边

024   最低处

025   生活

026   大海

人

027   今晚

028   而你

029   咖啡店睡觉事件

030   怀念你

031   曾经

032   苦中作乐

033   每一次

034   内核

035   你的

036   你的信

037   你是

038   是与不是

039   朋友

040   辞令

041   青春（一）

042   青春（二）

043   青春（三）

044   追求

045   我的悲伤开出了一朵花

046   迷路的纳美人

047   歌颂

048   真相

049   别急

050   经不起

051   生而为人

052   致友谊

053   告别、临时、归宿

054   比

055   家族

056   如何过一生

057   梦

时

058   日子

059   七月

060   2046

061   今夜

062   秋风起

063   听见

064   无题

065   现在

066   春天

067   兔年初一

068   一个下午

069   一大早

070   石器时代

物

071   风

072   八哥

073   白云飘

074   河水

075   月亮

076   麻雀

077   猫的智慧

078   三只野兽

079   沙

080   石头

081   时间

082   睡莲

083   小草

084   雪（一）

085   雪（二）

086   叶子

087   云

088   植物

089   玫瑰

090   阴影

091   我的悲伤是一座花园

092   海豚

093   太阳

094   泡沫

095   烟花（一）

096   烟花（二）

097   怪

098   树为谁所动

099   互动

100   你（一）

101   你（二）

102   路

103   花

104   路灯

105   水烟升腾

106   花的世界

107   远山

108   水的名字

古体诗

地

111   彼园

112   阿之女（Amazon 雨林女神）

114   安得境界

115　　诚为乐

116　　初音

117　　天竺行

118　　洞庭雨

119　　汉神赋

121　　黄河

123　　鸠歌

124　　吴园记游

125　　阳澄湖记游

126　　游西湖

127　　火山晚霞

128　　夜宿琅勃拉邦

时

129　　春

130　　春潮

131　　暮

132　　秋（一）

133　　秋（二）

134　　秋声

135　　秋思

136　　日暮

137   深秋

138   天颂

139   雾夜

140   月出

142   月夜

物

143   园有湖石

144   百花之子（蝴蝶）

145   彼犄之子（牛）

147   彼子缟衣（白鹭）

148   彼子击天（鹰）

149   彼子居隰（青蛙）

150   彼子青衣（螳螂）

151   彼子四翼（蜻蜓）

152   彼子游心（水）

153   大攻攻（蚊子）

154   蝶

155   格竹

157   桂花

158   何言

159   湖

160 嘉朋

161 韭露

162 咪兮

163 蒲公英

164 其飞赋

165 其乐

166 其雨

167 桑林之子（蚕）

168 蟋蟀

169 扬之水

170 萤火虫

171 瞻彼骐斯

172 子宣

其他

173 律

174 不诚

175 记流水账

176 王维篇

177 人生

178 硕人

179   宴

180   制姜

181   醉西湖

182   致李白（一）

183   致李白（二）

184   致李白（三）

现代诗

今天

今天　我的
善意埋下了种子
友谊长成了大树
思念发出了青苔
梦想生出了藤蔓
孤独结成了果实
磨难开出了一片花骨朵儿

活在今天

昨日之日不可追
明日之日不可达
只活在今天
计划
执行和结果同在今天
我只有今天
只有 上午 下午 和 晚上

地

底比斯的清晨

载着货物的帆船在尼罗河上往来
戴胜鸟在林间散步
小麦长势良好
太阳穿越黑暗而来
宫殿在雾霭之中庄严
随从悉心地打理着马车和马
仆人清扫地盘
他将洗完的手在晨光之中挥洒
以为这就是永恒

呼伦贝尔

大地被盖上漫天星空的穹庐
这是成吉思汗共同仰望过的天空

我凝视着凝固的天河
代表地球 46 亿年历史和宇宙进行对话

我要
和大海　一起咆哮
和风　一起自由起舞
然后和星星一样　对你眨眼睛

秋天的巴黎

是夕阳下漫步塞纳河畔

是酒店的门童为你开门

是客人和专柜的香水味

是公园草上的霜枝头的露

是钢琴漆的招牌铸铁的路灯

是穿着风衣看报纸

是拉法耶大街的烤栗子

是运河的红船和电影院的爆米花

是新出炉的法棍羊角包

是阳台上不知名的小花

是跳蚤市场的旧时光

是毛衣暖炉红酒配起司

是咖啡厅的双份浓缩和自来水

是地铁的异味是 RER 线的报站

是机场的行李滚轮声

是绿地上的野餐公园的集会

是桥上流连的有情人

是在新凯旋门碰头

是在卢浮宫迷路

是各种可能性

驶

驶　从绿驶向浓荫

驶　驶向大地的每一处伤口

驶　驶向被灭绝的森林

驶　驶向象王浅浅深深的脚印

从黎明驶向黎明

从黄昏驶向黄昏

从梦中驶向梦中人的梦里

驶　从有所失驶向无所谓

驶　驶向四月人间桃花漫天时

驶　驶向六月飞雪后会无见期

驶　驶向到不了的未来

驶　驶向回不到的曾经

驶　驶向梦幻的王朝

驶　驶向每一次刀光火影的覆灭

驶　驶向哭泣的天空

这地上的事情啊　转眼就是一万年

天街

一排影子被整齐地挂在墙上
青蛙齐声跳入东门之池
一铲铲煤被加入锅炉
一双双翅膀从火中飞出

一人说太阳是他放出的风筝
另一人说月亮是他抛入天河的钩锚
星星纷纷被钻石大盗扫入囊中

空气中飘落着咸涩的雨　海鱼纷纷落下
象形文字从书中站立起来　开始打仗
干涸的泉眼纷纷涌出甘露

大地流动起来　大蛇和大龟浮浮沉沉直奔东海
大群动物从道路尽头的黑与雾中跑出
群山开始以自己的节奏重塑

街市飘了起来　灯笼点亮了天街
人们在天路和浮桥上行走
纷纷扰扰　热闹非凡

青旅

真是不错的 青旅
有书架 诗歌和游记
冰箱 可乐 山泉水
音乐 烈酒 Beer Lao
海报 留言 茶板墙
院子 阳光 荔枝树
洗衣 淋浴 宽板床

澜沧江畔

早上的河边

空气清凉

船夫悠闲

蹭个座儿

对着河面发呆

融入当地的节奏

脑不转

心不动

风动

东南亚

东南亚的气候温暖潮湿

刚下一场大雨

空气中都是香草的味道

宽敞的路边　稀稀落落停着五颜六色的车

透过窗户　看到楼上人家里吊扇转动

晚饭已经摆放整齐

想吃的东西都有

冰箱里还有榴梿肉橘子凤梨罐头啤酒

海

——

蔚蓝海岸

蔚蓝色的海岸
深蓝的梦想
轻轻的微风
淡淡的云彩
浅浅的笑

结果

大海深不可测
我的足迹
以及在沙滩上留下的字句
都被洗刷
这教会我享受过程
因为也许没有结果

担心

在沙滩上行走
不用担心汽车往来
也不用蹑手蹑脚
担心打扰大海的睡梦
因为她总是不眠不休

海

海鸥眷念着远方的水手
海带是海妖放肆的裙角
螃蟹就是那洞中的帝王
潮汐是海对大地的渴望

海边

夕照是太阳的余恩
白云是天空的和蔼面庞
半岛是大地温暖的拥抱
浪花是大海一波接一波热情的邀约
沙滩是你我相遇的地方

镜子和大海

孩子对妈妈说

大海和镜子不一样

她不会随我哭

不会随着我笑

蹦蹦跳跳做鬼脸她都不理我

妈妈说　是啊

大海和镜子是不同的

镜子也代替不了大海

明朝酒醒何处

海中央那里珊瑚密布

海中央那里气候千变

海中央那里是鱼虾老巢

海中央那里浪鲸互搏

海中央那里是海鸥到不了的地方

海中央那里是海的最深处

快快泛舟去海中央

去邀那海天日月共醉一场

那年夏天的海

海潮掩饰了曾经

而一切确实发生

装聋作哑

抹去记忆

拿什么证明我们真的来过

上岸

宠物对海鸥说
真羡慕你
独立自强
又保持身材
居然还能飞得起来
时而在天空中追逐
时而闲适地卧在浪里
除了偶尔休息
绝不上岸

失意的人

一个失意的人
来到大海边
大海派小螃蟹来逗乐他
听取了他全部的倾诉
浣洗了他的双脚
临末还送了几只漂亮的贝壳

在海边

海草摇　摇动了心绪
海鸥飞　飞走了思愁
海浪追　追逐了梦想
海螺吹　吹散了阴霾
小蟹爬　爬得心里痒呵呵

最低处

泡沫生生灭灭

沙子翻翻滚滚

海藻浮浮沉沉

浪花节节绽放

海浪波波相继

海物冲上沙滩

海仍在最低处

生活

在大海边
矗立着图书馆
我有面包和牛奶
有同伴和沙做的城堡
我还缺少什么

大海

不管什么时候
海一直都在那里
冲击着视界
冲刷着胸中的块垒

这无边的景色
亿万年的历史
难以捉摸的韵律
长劲的节奏
将流动的盛宴反复启动

我期待海风琴将你的絮语翻译
我期待风和海鸥指点我读懂你
期待螃蟹和海草带领我走近你

当提到爱与不爱　有意义与否
大海都不会为之所动　与之回应
爱和意义是人类的局限和困局

人

今晚

今晚的我
把星星挂满窗帘

今晚的我
把大海请进卧室

今晚的我
把月亮挂在床头

今晚的我
拥有着全世界

今晚的我
闭眼即是宇宙

而你

大地承载一切却不吭声
月亮是圆的却很少自满
而你动不动就假装生气

咖啡店睡觉事件

一个人
喝意式浓缩咖啡
在椅子里睡着

像一只猫
蜷垂丝滑

一个人
喝咖啡也能睡着

总好过全世界睡着
只有一个人醒着
孤独的醒着

怀念你

你像一颗石子　滚落悬崖
你像一朵白云　越飘越远
你像一个壮士　出而不返
你像一片黄叶　落进深秋
你像一颗流星　坠入天心
你像一艘小船　驶向彼岸
我深深地深深地怀念你
不曾想到再也见不到你

曾经

我的悲伤是一条小溪
我把它隐藏在大山里

我的愿望是一艘小船
我把它寄放在云梦泽深处

我要对你说的话是一朵朵云彩
我将它幻化成风雨般无言的结局

苦中作乐

生活是苦的
咖啡也是苦的
我们一起苦中作乐

每一次

每一次入眠　都是一次短暂的死亡
每一次四季更迭　都是一次轮回
每一次见到你　都是重生

内核

诗人的内核是发问
文人的内核是质疑和构建
哲人的内核是定义和总结
生命的内核是过往和希望

你的

你的绝望像钟摆一样来回晃动
你的思绪像气象标一样转个不停
你的寂寞像灯塔一样四处探照
你的太阳将在明天准时来临

你的信

落叶在地上的积水中冻上了
邮局没有冻上
昨天的快递今天就到了
你的信还没到

你是

你是大漠的风　蚕食着我山丘的风骨

你是巨大的创伤　挫伤我肉身

你是久治不愈的炎症　侵蚀着我的意识

你是触碰不到的云朵

你是不回头的流水

你是易败的花朵

你是藏不住的光

你是偷不走的记忆

你是学不会的知识

你是去年的荷花

　　脚下的青草

　　挽回不了的旧时光

是与不是

故乡是一棵树
人一辈子没走出它的荫蔽

闪电不是能站人
却是我走过的路的名字

人生是知足
你不会失去你不曾拥有的东西

朋友

你从来不会犯错
你凡事也没有立场
你的仁慈只停留在血缘
对不起
我们做不了朋友

辞令

你很善于辞令
把死人说成了活蹦乱跳的人
把病人说成马上会好起来的人
将逝去的旧时光说成过去
将苦难的经历说成是历史

青春（一）

青春必将是一种态度并非只是一个人生阶段
如若不然人生将丧失意义
青春是一种想象力
青春是一切可能性
青春是一种不势利的价值观
青春是一种无所畏惧的精神
青春是一种童真

青春（二）

青春是一场不散的宴席
但是吃着吃着就没有菜了

青春是一场饱腹
不一会儿就饿了

青春是一场邂逅
只是邂逅的对象很不耐烦

青春是一场事故
但是很美丽

青春是猪八戒吃人参果
意犹未尽还未尝出味道来

青春是一次逃离
只是逃的时候弄丢了最重要的行李

青春（三）

青春是一团火焰　不只温暖
青春是一场大雨　乱砸一气
青春是一个旋律　让人愉悦
青春是一滩野草　野蛮生长
青春是一个幻影　无限可能
青春不势利　任谁都可以有

如果现在过得不好
是否可以否定它真的来过

追求

追求价值
价值很现实
现实很残酷

追求意义
意义很高远
在云端难以企及

追求永恒
生命非常有限
永恒是不可能的任务

我的悲伤开出了一朵花

我的悲伤开出了一朵花
花从我的胸口破身而出
热烈激情颜色如血
娇嫩鲜艳美不自知
悲伤也是有生命的
悲伤也可以是一个美丽的悲伤

迷路的纳美人

纳美人你迷路了
你忘了自己的语言、装束、信仰和使命
你落单了
你空有一副纳美人的外表
你现在连普通人都不如

歌颂

我不想歌颂爱情
因为爱情是奢侈品

我不想歌颂自由
因为自由需要代价

我不想歌颂多元化
因为选择是一种麻烦

真相

是呀

路有很多条

方法有很多种

真相往往只有一个

别急

别急
该来的终究会来
别急
该过去的会过去
别急
急也没有用
别急
别乱了自己的节奏

经不起

用胸口捂冰冰经不起融化
野生动物经不起喂养
油画经不起近看
我呢，我经不起唠叨

生而为人

人近之不逊远则怨
弄虚我会笑
玩实无以为报
不要提起我　　不要爱上我
我是风　我只负责将你的暗香传播

致友谊

为什么
我们没有血缘却亲如手足
为什么
我们不必非要做什么才能腻一起
为什么
我们要对彼此好
为什么
我们时隔多年而往事如昨

没有那么多为什么

我们的肉体必将灭亡
而友谊不会凋谢
情意不得死
意义永存

告别、临时、归宿

告别母体才能来到这个世界
告别过去才能够长大
告别世界后死亡才是永恒的结局
告别是生命的主旋律

人的一生是有限的
人是秩序的维护者
人是资源的保管者
什么事情都是暂时的

世间的房屋是临时的寓所
大地则将被用来长眠
大地是永恒的归宿

比

我在湖边

湖很平静

我和湖比谁更平静

我算计着

给彼此打分

结果　很多年以后我才发现

湖根本就没理我

从来没有比的意思

是我狭隘了

家族

家族是一棵大树
您是根
上一辈是干
我辈是枝
如今您不在了
我还是我吗

如何过一生

如何过完这一生
请让我在温存中度过
在祝福中度过
在有趣的活动中度过
在有爱的环境中度过
在不知不觉中度过

梦

雪花是天使翅膀的碎片
火焰是凤凰的羽毛
小溪是龙的血管
太阳是大鹏的眼睛
而宇宙只是你的一场梦

时

日子

寒冬中太阳出来了
我们说着闲话
茶叶在杯子中舒展开来
表情在你我的脸上舒展开来
心情彼此舒展开来
日子也像锅里的猪油一样舒展开来

七月

你是

晒化的柏油路

海边的自行车

闪电的故乡

蝉的集结号

蚊子的流水席

蜻蜓的猎场

无节制的暴雨

繁忙的稻田

荷塘的晚风夜色

年之过半的光景

罐子里的萤火虫

昏黄的路灯

老旧的相册

回不去的那年暑假

2046

极地的水沸腾了

石头浮上了水面

鱼儿吐着泡泡交头接耳地在岸基挪动

老鳖悬浮在气泡之中扒拉四肢

一些人在空中自由游泳

闪电像秋叶被风吹得到处都是扭曲和延迟发生

西瓜大的雨点像彩色烟花一样在半空炸开向四面散去

很多人开始自学

大学开到了社区　和便利店一样多

今夜

快　快换上黑色的礼服
走　去今夜沙滩的派对

快　快打上蓝花的领结
走　去浸润这只属于陌生人的时间

快　快换上绿皮的表带
走　不要浪费这青春之年

秋风起

秋风起　蟹脚痒　怕腥不想吃
秋风起　思故乡　故人鬓毛衰

秋风起　叶缤纷　处处离别景
秋风起　青草黄　天地也苍茫

秋风起　弋水寒　何人问冷暖
秋风起　道阻长　未来在何方

听见

我听见叶子离开枝头的声音
我听见花落雪积的声音
我听见我的呼吸心跳
我的感觉不会骗我

无题

春种　秋收

入夜久深　日之将出

迎春　临夏　秋至　冬来

赶花期　探渔汛　历果季

发芽　抽枝　展瓣　吐芯　露蕊　初开　久放　结果

过去　未来　重逢　相遇　别离

扶佛手　挚香橼

前尘　后世　余生

小鼾　轻憩

撇嘴　皱眉　浅唱　轻吟　蝴蝶飞

现在

呼吸吐纳一次四五秒
我存在于一个个四五秒之间
你说的明天太遥远
我要现在

春天

冬天进入尾声
春天即将来临
美好如春天
每一年都好
每一年又都好得不一样
如约而至　款款而发
走到哪里都是春天
我能想到最浪漫的事就是在春天立下对往后春天的约定

兔年初一

棕褐色的绒毛
先感觉是一个手机吊坠那样
然后是一个枕头的大小
再后是沙发的尺寸
结果比大象还大
这还是兔子吗
踩到人不得了
不敢怠惰
总之
以恭敬之心
开启新年
速来
请你吃草

一个下午

一个下午
坐在窗前
什么都没有发生
发生是暂时的
而平静是永恒的
景色如一幅画展现在面前
而我无权问一幅画要求太多内涵
就像无权在无聊现实中索取额外的丰富
明天一早就要走了
我是否完成了和这座城市的对视
或者是单方面的凝视
我也不能确定

一大早

一大早看到陌生人的微笑
就像看见清晨晶莹的露珠
听到轻声祝福
仿佛唱诗班在耳旁浅唱

石器时代

那还没有名字的山和河流啊
带着金边的云
茂密的刺藤绿萝
沟通只会叫喊和比划

那个时候的风啊
数不清的雨滴淅沥
走婚的夜
篝火缓慢释放着青春的烈焰

物

风

你是红花你是绿叶你是芳草吗
不，你不是红花不是绿叶不是芳草
你是风
你吹动了红花吹动了绿叶吹动了芳草吹动了涟漪
也吹动了我的心

八哥

我看到两只八哥在路边

左顾右盼

走走跳跳

跳跳停停

我笑了

因为我觉得有一只像你

还有一只也像你

你就是它们

就会模仿别人的腔调说话而已

白云飘

白云为什么有点飘啊
它也不会飘得太久
当它化身为水的时候姿态非常低

河水

今天的河水很缓
但是肉身依然追不上

今天的河水很急
但是仍然快不过意念

月亮

月亮是一个白色的石头
石头大到了一定程度就能浮上天空

月光何淡雅　温情的力量连绵不绝
月亮控制着潮汐　影响着心绪

月亮是黑暗中的漏洞　洞的那头是光的世界
月亮是温和目光　随时响应对视

月亮是情感的记忆体　饱含深情
月亮是天人相隔的遗憾　无法言述

月亮是忠诚的守卫　守护着今晚和前夜
月亮是思念的象征　失散的人会在月球重逢

麻雀

我们是一群小麻雀
排队登上飞机
就是为了换一个地方叽叽喳喳

猫的智慧

吃饱了就睡一觉
养养精神
不要妄想妄言妄行

三只野兽

鹿不想圈养成驴子

狼不想曲身为猎犬

鹰不想失能成鹦鹉

三只野兽在黑暗中低吟

三只野兽在低吟中沉沦

三只野兽在沉沦中死去

沙

我是一粒沙
躺在可可西里
枯树与狂草为伴
荒凉与长夜相随
坐拥银河与九天
载驰黄羊与野驴
纵有亿万个兄弟
没一个开口说话
遇风轻轻起舞
余生随遇而安

石头

我是一块石头
来自群山之巅
随着河流而下
来到地面人间
但我开始思考
发出一世青苔
但我开始吟咏
百花为我盛开

时间

我走在时间的河流旁
拦不住它的征途
遂徜徉其中
忘我
忘餐
忘归

睡莲

一张　一池睡莲开了
一合　一池睡莲闭了
一张　一合
蜻蜓飞走了
夏日的一天过去了

小草

我是小草
生在花与花之间
叫我花间
我怀抱露珠
有我才有未来

雪（一）

我在窗前　看雪静静落下
雪花那么多　哪一片是你
还记得上次看雪的心情
你是天上的水　永恒的福祉　在万世中不盈不亏

雪（二）

雪是你从容抖落专属于你的尘埃
是你自由意志在寒风中的劲舞
是粉饰的愿望横扫一切的决心

是你欲盖弥彰的情感
是你碎成一亿片的心

是你覆在地上的白毯
猎印她小鹿般的足迹

是你漂泊流浪着的千万思念
是你对她的一万个细声碎语
是对玩雪的她一千次的碰触

叶子

我是一片叶子
藏在你的书里
翻到这个位置
便一丝不挂地呈现在面前

云

你可看见
想你时就滴两滴眼泪
我，云也

植物

麦浪是一波波朴素的思潮
叶子是一片片绿色的心愿
花儿是一朵朵不同的善念
青草是我不忍践踏的手足
森林是那梦幻般的游乐场
树是我想成为的那个样子

玫瑰

在沙漠里行走
上天问我
你是要一杯水还是一朵玫瑰
我毫不犹豫地选择了玫瑰
因为我不能一天没有你

阴影

不要在阴影中感到窒息
阴影和光亮是一一对应的

我的悲伤是一座花园

我的悲伤是一座花园
空气中飞翔着蝴蝶和蜉蝣剔透的灵魂
花园不需要照料
伤痛将它们修剪
磨难是唯一的养分

海豚

有一天我在海中遇到危险
一只海豚救了我
我爱上了海豚
但是我不能去海里
它也不能上岸生活
有一天　在梦里　我变成了一只海豚

太阳

我把太阳请进花坛里
照得花儿静谧灿烂

我把太阳请进心里
心中阳光普照无死角

我把太阳请进手握的笔中
阳光便流淌在笔头和字里行间

泡沫

全都是泡沫
因为某种巧合
今生相遇
就像一阵泡沫
一团团小的泡沫
聚集在一起
形成一个大泡沫
短暂而又美丽
人生
短暂而绚烂
偶然相遇
相遇相惜

烟花（一）

你就是你
是不一样的烟火
出道即巅峰
毁灭即高潮
惊艳了每一次的相遇
孩子们都喜欢你
大人们都在乎你
节日和盛典离不开你
我点燃你
并仰望你
我期待着与你每一次短暂的重逢

烟花（二）

你喜欢烟花
又嫌弃它吵
害怕危险不安全
嘟囔着耗资不菲
你喜欢的只是你认为的烟花
为什么不能接受烟花本来的样子呢

怪

在春天怨鸟类现实
条件好了才飞回来
是违背自然规律的

在夏天怨太阳酷烈
却不感激光照
也是狭隘了

在秋天怨落叶萧萧
影响心情
那人家总不能一年四季都给你光合作用

到冬天
你在公园里怨桂花树不开花
没有利用价值
那是你自己的问题

树为谁所动

当我对着树嚼舌头
树鸟都不理我
能够摇动树的只有风
当我具备了风的品质
我也就不嚼舌头了

互动

在逛公园的时候
我看到鱼跃出水面
漂亮地打了一个花
我无以为报
想了想
就给它跳了个"8"字舞
你猜对了　我是只小蜜蜂

你（一）

我好想把你揣在怀里
抱在手里
含在口里

对的
你就是冬天里刚出炉的
焦兮兮黏巴巴的炕山芋

你（二）

你从不化妆
皮肤好白

你虽廉价
却挺重要

你看着细条条
但是顺服而有韧劲

你真是一根不错的充电线

路

下雪了
世界变得柔软
你看那儿
那来时泥泞的路
也被掩盖
看上去洁白又舒适

花

看到一盆鲜花
我不能和它比美
它也没我活得长
也不想独占它
这时候一个小姐姐看到我的处境
把花买下来送给我
可惜我不会园艺
所以我们一起养它
最终人家都很好

路灯

我在公园里走路
天黑下来
然后路灯亮了
谢谢你陌生人
为我照亮前方

水烟升腾

水烟升腾
音乐跳动

水烟升腾
车水马龙

水烟升腾
众生忙碌

水烟升腾
生生灭灭

水烟升腾
世事沉浮

水烟升腾
我指尖舞动

花的世界

结桃花缘　淋樱花雨
宿杏花村　看石榴舞
尝菊花泪　饮桂花酿
观莲花生　赏芙蓉姿

远山

我眺望远山　峰高不可攀
我眺望远山　路遥不可达

峰高不可攀　山中虎狼多
路遥不可达　道途曲且长

峰高不可攀　群玉山头见
路遥不可达　未行心已远

水的名字

每一种水都有他的名字

井水叫藏月

河流叫梦

露叫未晞

湖泊叫心愿

云朵叫梦想

瀑布叫青春

泉水叫欢喜

彩虹叫美丽

小溪的名字叫缠绵

古体诗

地

——

彼园

时云闲徐

山水适宜

石凹苔鲜　德音惠听

野藤交葛　菟丝鞠薇

时令花赏　旬节有怡

水岸重美　目止景驰

风貌善　天地遗爱　景致深　俯仰皆得

物我互化　此境何容

气质冲和　恒有皆无

击湖以卵　报我以荡漾

波澜止　美无极　美无极　静且真

雾润露沾　日化雨泽

崖石有沁　玉质彰显

甘泉列列　惬惬其滋

愿寄我心　是以永怀

阿之女（Amazon 雨林女神）

花之露兮草之霜

云之梦兮灵之森

晨之雾兮夜之精

转身兮季变

顾盼兮境迁

人神兮始分

百善兮人初

是有阿之女兮阿美珍

净衣素缟兮维性

共乘赤豹兮偕游

枫苇巨兮比桐竹

垂云横兮鹰鲽展

绿淹身兮日炽藏

虎头攒兮桑叶摆

蝶羽境兮翼织诗

猴咋勇兮猿啼疾

河蛟狂兮虬中盘

普鱼沉兮嗜人兽

鳄洼潜兮蚱蚤粗

走豹地兮鹭岛

入莫洲兮贝宫

访蚁穴兮鹦岭

登懒屋兮仙居

沐琼浆兮浴新

星河兮行夜

心诗兮长流

同赴归兮不知周

安得境界

空山雾　竹溪晚

路无人　何有我

照石镜　偶自知

行无止　行无止　不知竹

明月画夜　流水洗心

夜心长洗　澄石久淘

寄情石质　铭志金义　怀歌玉性

驾紫驹　驰蓝田

溯龙溪　饮百泉

沐九瀑　访云梦

流江河　畅游安得境界

结松朽之期　泛舟蓬莱

诚为乐

调檀香　熏柏枝
采霜凌　集雾露
萃精油　饮椒浆
尘与扬　湖与平
像云气　色虹霞
循山迹　行水游
拜玉宗　访猎谷
缘金桂　折珊瑚
登昆吾　问山心
溯醴源　抚冰顶
瞻黑松　锦簇荣
叶其染　与天指
流松香　莹珀光
滋菌鲜　肇苔华
石不孤　泉有邻
率自性　知天命
诚为乐　偶自欺

初音

新浪拍旧岸
天涯别故云
新辙履旧痕
寒冬蓄暖春
旧金溯范典
古城觅故风
萃字取诗义
礼乐颂初音

天竺行

啜墓地之茶社
餐古风之旧寨
宿神社之旁厦
对河伯于面前

洞庭雨

一地富极天下水
历代风流竞登楼
天作瓢泼洞庭雨
涤荡人间未了情

汉神赋

承兮荷露　发兮流虹
群星灿烂　动静其中
激若轻举　烈如飞蜕
芳洪渐渐　遮川敝泽

荣与采霞之众聚
质与圭锡以阵列
仿佛兮如游丝集九天于万仞
飘飖兮若古涡卷年流辖云停
远观悬素气悠游于薇谷
近察解地力喷耀湛紫光

发渊意随兰吐
绽泥心付莲动
兴漠风以蟒行

肩线有道　蜂束结腰　端颈秀项　削若名松
长空皓爽　月盈不缺　气髻云传　膏夷天方
齿掣贝白　唇迫丹鲜　松芝眉韵　星溺泉眸
权颊彰德　出姿显实　水媚秀屏　超飞特立

淋趣染目　总御轻迅

践金骨之能载　行弓体之蕴良
明律心之动苞　昭德艺之工巧
汲水养之淳化　隽总善而敦余
集众睿于一丛　聚炎元于彼岸

丽音召告　华服应施
绣鱼龙之附潞　饰蘩苁与兰芷
披滴翠之桀羽　缀蜓睛之坠铃
曳天蚕之兆绢　履踏浪之鹿屐
踱芳踏于赠佩　踩椒步以清歌
肇从情于湍露　扬番招以华发

月蟾之说　千灯之会
雅谜之集　大邑之市
击腔控弦　发兴问义
采蘩采藻　鸣瑟鼓琴
取箕承筐　四手妙动
形质交感　骈晞并化
若衔乎于中停　噤如天下罢唱

黄河

子下流从西土
指东方以遨游
自降解彼天山
徂滔滔之武夫
冲太行以浮浮
击峡岸以旋由
汲光电获宏声
啜风暴以增容
湍瀑库之切切
洩洪荒之泛泛
溢膏澔与奔涌
滋沃若以沛流
怀马鹿之仁健
苞豹变之发机
领虎跑之威姿
拟象迁之隆达
腾鱼龙之精益
焕玄鸟之峻烈
暴熊胆之蒸猎
涤神明之英武

湛甲黿之幽冥
昭天命之荣萧
端虹霓乎其中
填渤海以经年
征酣酣以弥志
行逝逝些不追
宗恒流于广宇
启命道于长发

鸠歌

时不待

年更遥兮日无期

陟岵屺

草荣枯兮叶茂萧

士不归

离桑园兮远稼穑

岁其逝

季转兮旬移

志尚存

形将骸兮气趋散

奔在野

星缄口兮山不答

月久醒兮海无听

承天地之上下　凭独美于往来

五脏有感

遂歌于鸠

吴园记游

黄鸟引道
廊桥参差　亭阁疏致
径曲汪洄　始植成荫
众绿袭水　群石登岸

春赏是宜
白花之下　杜鹃正艳
榴苞之初　桃绒维萌
樱实珠粉　枇树渐雍

怀彼吴宫
深潭高台　玉径金桥
骄女兰会　灯影舞乐
四季激赏　满园粹华

时有祸伤　月悲则匿
然泪怨其聚　群星辅业　屡执天绣补
遂天青日明　巢安萍聚　子子归宁是终

巨阙田居　犀甲换酒　象弭鱼服携藏
寒石垒叠不弃　蕉叶听雨不厌　松柏执守不倦
间有白英着青苔　黄叶贰三喜乘风是常

阳澄湖记游

选良辰与吉景
邀师友与佳人
行随心之小聚
赴乘兴之一游
值周末之时
登阳澄湖之半岛
入在地之蟹庄
莅临水之上席
宾客列坐
兴致所至
言谈笑谑
举杯动箸
焖茭白香甜
白条何嫩滑
螺蛳吃上瘾
萝卜赛神仙
鸡汤旨且浓
甜品飞上天
黄酒喝不够
螃蟹来压轴

游西湖

白墙黑瓦森严
花开次第成章
抚老樟荡壮柳
听孤鸿察叶落
看戏水之鸳鸯
眇远山之重秀
瞰波浪之可亲
嗟时光成飞鸿
搭扁舟以缓行
观画舫如影楼
或相依于椅背
或游荡于人流
或顾盼于桥头
或浪迹于车游

火山晚霞

山峥峥　云飘飘

云飘飘　林幽幽

林幽幽　石磊磊

石磊磊　水潺潺

水潺潺　藤蔓蔓

藤蔓蔓　湖莹莹

湖莹莹　霞映映

霞映映　心静美

夜宿琅勃拉邦

琅邦风情好
澜江山水妙
芭蕉椰林茂
绣娘织女俏

时

春

初醒幽兰谷
久觅白鹿径
复游云梦里
起影弄扁舟

春潮

观春潮之徐徐

听芳洪之渐渐

嗟梅落之凄凄

叹玉兰之盛极

忽搭坐于船头

又踯步于山巅

恰徘徊于桥上

肇顾盼于林间

偶独立于亭中

亦沉醉于花下

行不倦于采绿

轻抚琴以觅我友声

暮

日作随暮归
狗迎狸掩扉
烟升接炎时
火起继禾香

秋（一）

秋意散不尽
秋雨层层凉
秋声多悲寂
思秋客愁新
举杯邀星辰
共饮一壶秋

秋（二）

秋天秋雾与暮色

秋月秋霜共秋香

百花开罢处

残荷败柳乡

兵戎怀归日

层林渐染时

风萧萧兮高台冷

我思故人兮弋水寒且长

秋声

听夏虫之余鸣　察蝉声之式微
临绿竹之猗猗　倚枫叶之渐红
思故人之久别　嗟白云之不留
临寒壁而下观　叹龙渊之不测

鹊音喳喳　鸠鸣咕咕
鱼跃出水　秋波不兴

霜露兮初生　逢雨兮桂残
藤蔓兮憔悴　草木兮尽颓
岁年兮将尽　燕雀兮南飞

秋思

从飞廉之游质
体焦心于叶情
共秋日之疏朗
观肃木之干彰
历古迹于流瞻
临太阿与未登
问心神之灵阙
眺色象之台阁
况鸟兽之迹希
嗟人城之两异
问单性于虚极
构实善于践文

日暮

日暮天色晚
秋深桂花浓
归家柴火香
菜饭疗我饥

深秋

月光泻
柳影斜
桂花残
山亭晚
银杏枯
枫叶卷
蒲公英飞
菊花灿
芙蓉烂

天颂

附浮尘以远浪
借蜉身以浅游

琉璃圆于荷蒲
击鹅掌以弘波

绘漆线以墨燕
动春风以浮柳

化苗雨接故渠
随雪种覆下土

发微声以鹿鸣
溯花语以浅言

奔海潮驰紫驹
放时船以量流

交温寒于殷雷
分夜曦于鸡鸣

雾夜

拥群山入梦境
临桥头景致深
令楼台皆增色
揽风月入怀中

月出

月出照兮　佼人燎兮
有美一人　伤如之何
蒹葭苍苍　在水一方
嗟我怀人　无冬无夏

采蘩采藻　采椒获黍
伐柯伐檀　公庭之事
与从与平　执手同衣
亦即见之　亦即遄之

彼泽之坡　有蒲与荷
静女其娈　贻我彤管
西方美人　公庭万舞
陟彼高岗　我仆卒屠

素衣素冠　庶见素铧
胡为中露　载行泥中
淑人君子　其仪一兮
彼其之子　有遂其媾

出其东门　撺钓于淇
行彼鲁道　矢发获豵
东门之枌　宛丘之栩
东门之杨　昏以为期

凯风自南　吹彼棘心
燕燕于飞　相送于野
出宿饮饯　路车乘马
绿兮衣兮　聊与同行

终风且霾　莫往莫来
君子猗猗　不可咺兮
北风其凉　雨雪其雱
惠而好我　携手同归

月夜

月上竹林晚
云淡秋水稀
银松抱白石
枯琴抚素心

物

园有湖石

园有湖石　维形殷殷　葛蘲累之

园有湖石　维质浑浑　苔莽覆之

园有湖石　维趣幽幽　溪潭映之

园有湖石　维音锵锵　风雨历之

百花之子（蝴蝶）

彼子凝粉兮聚花精

饮蜜吸花兮绝凡尘

长荣向天兮喻花志

作缚破茧兮行自修

垂羽如剑兮罔凝眉

翼恍扇瑰兮难思量

浓斑若漏兮耀如毁

群栖双飞兮越女羞

口宜舒卷兮意扬止

采薇临芳兮更惜花

律心韵翼兮扬极光

中明其定兮地势坤

何魅其舞兮何绒其蓬

何旱久兮何不饮天河

彼犄之子（牛）

彼犄之子
哞哞其鸣
躬耕在田
行道如徐

彼犄之子
哞哞其鸣
老倚弱乘
率性不违

彼犄之子
束彼其环
卧栖在棚
立如山起

彼犄之子
束彼其环
刮骨献肉
只角不留

彼犄之子
二目睁睁
远父母兄弟

彼犄之子
哞哞其鸣
言舐其自

昔子来时
维云茫茫
百岁之后
何以归还

今子往矣
维雪滂滂
百岁之后
谁与独藏

彼子缟衣（白鹭）

彼子缟衣
在隰在田
独立亭亭
观瞻是宜

彼子缟衣
在隰在田
群飞与还
雪归犹来

彼子缟衣
在隰在田
栖牛纷纷
子心则降

彼子击天（鹰）

彼子击天
首阳之巅
两翼摇虹
尾带三山
四风在握
喙摧五金
六观是大
七日振发
八目桀桀
九击九穿

彼子居隰（青蛙）

彼子居隰
友萍邻荷
动定之宜
食螟吞蝇

彼子居隰
友萍邻荷
动定之宜
重禄双栖

彼子居隰
在萍在荷
动定之宜
鸣彼春乡

彼子青衣（螳螂）

彼子青衣
刀臂长身
肃立顾盼
抱拳揖揖

彼子青衣
刀臂长身
肃立顾盼
自洁俨俨

彼子青衣
挺身架式
御刀锉锉
泄泄其羽

彼子青衣
挺身架式
拒车铣铣
自性冽冽

彼子四翼（蜻蜓）

彼子四翼
苞琉含莹
漆线云笔
玉翅金膜

彼子四翼
胸披石髓
六足高蹈
重瞳三万

洽倒立之亭姿
拢困兽于天牢
忽飙摇或退停
展舒卷以尾节
猎浮日之风影
掠飞迹于夏时

彼子游心（水）

结晶葆光　含莹藏气

盖崖源极　发一履万

长歌纯精　无表哲情

久颂透质　难摹剔颜

音容德润　凝旨造象

无类兼济　普泽广育

匪石质硬　匪气胜轻

行辄自由　形莽援荒

垂综顺浮　附沿贴袭

动苞钜蕴　疾湍冲滞

待命发义　和时兴业

粒捐朝希　目坠折世

不亏不盈　无损无违

有棱无刺　无执无悔

非攻不亢　率性自美

结于微毫　名物无累

粉枝糖树　草茸叶茂

山披峰绮　果冻梅膏

潺滋流畅　总涓无谪

四时应享　余威永保

大攻攻（蚊子）

长腿轻伫立

颔首御谦姿

邀舞侪翩翩

会礼濡嘤嘤

纵身放鹤逸

暗影捕迷心

微声发夜曲

雅音何再寻

蝶

绒与那与

蹈中行时

览琼台

歇芳塔

摄光兮扶苏

采霞兮摇虹

穆展兮静健

翩与些荣与

格竹

负空怀而伸展
循凭结以拔高
展挺韧于疏朗
发谦叶以贞远
立高洁于腔质
呈青壁与述翠
树一发而成林
于群处得幽赏
漱春雨而发笋
逢吉时以夜进
蔽酷日习和风
扬清芬滋露浓
循经纬以编造
烹嘉禾得重美
捐力身于营建
行材德以造具
贯风洞以鸣笛
拟悠扬或婉转
调合音获丽笙
适朝歌与夜饮

编简册着丹青
含有情之斑铭
结弓矢以运的
并排筏以启帆
历昭展于雪侵
同享誉与松柏

桂花

经年如约至
闻香入梦来
发苞怀诗意
含情酝秋思
吉物秉天赐
但见犹爱怜
不堪经风雨
路人莫折摧

何言

何言草低伏
固地聚皮壤
何言藤寄攀
缀地连天桥
何叨絮叶轻
知者舞者风
何言果不甘
岁辟秋客饥
何言树不材
情壤土者德

湖

湖静宁其宜也
可以照排云
湖静宁其清也
可以望白石
湖静宁其好也
可以睹鱼之欢

嘉朋

我有嘉朋　缘久年长
衣衫采采　油光枣亮
双触威突　翎摆摇扬
六腿茸茸　宜人室家
逃光追暗　回爬侧冲
静仁幽立　昼伏夜出
广居远屯　易活善存
且食且排　且吐且食
过则遗质　性味高古
旋背蹬踏　佯装假死
子言踩之　爆浆噗噗
复观既遁　予心则降

韭露

日出临韭露
听微露正稀
露稀若迅逝
实为志飞追

咪兮

喵喵咪兮　食鱼之糜

有宾姓徐　拉胡吹箫　马琴唢呐　掬芍是将

人之友善　示以鲁道

喵喵咪兮　食蟹之糊

宾贵如徐　示言大义　马脚浅藏　君子亦正亦邪

我有旨酒　嘉宾示燕以抒情

喵喵咪兮　食肝之尖

短笛沙锤　小号木鱼　且浔且谊

我有旨酒　以燕慰发小之身

喵喵咪兮　食鸡之心

电音架鼓　角铁驼铃　且浔且慨

我有旨酒　以燕乐发小之心

蒲公英

肇依道而旁生
或狭据而苞兴
端锯叶与舌戟
敷张略于方寸
忽冲茅而上发
纷派叶以散枝
性微甘而清消
荡炎郁之不存
结薇芯于端顶
呈瓣蕊之展如
继天地之游心
发飞萌于芳歇
播雪种于七海
化九有与九截

其飞赋

秉精义之奥妙　　率天性托无心

乘微身于天地　　发不惑旨有行

朝凭窗逐日上　　暮伏墙共沉星

形飞蜂不拗蜜　　翼蝉薄不择栖

突抓爬获赴奋　　肇瀑倾得坠迅

暴激发以形变　　翔青春拟沃若

苞微众之行房　　扇均风而发希

行规停之轻迅　　欲避之实难防

查体污频自洁　　性喜光亦趋阳

征在野或翻飞　　入厨余探室堂

栖周帷浮翩帐　　遁九域游洞湘

忽击拍魂飞发　　命其哀何渺茫

其乐

乐彼其水
龟寿盈盈
潜游在湖
浮栖于礁

乐彼其野
雀鸣啾啾
踟躅在地
跃鸣于枝

乐彼其野
薄言采荠

乐彼其野
薄言采薇

乐彼其野
薄采其椿

夜如何其
薄言还归

其雨

其雨其雨
益处实多
于膏于滋
于冲于涤

其雨其雨
行人歇止
彼书者子
彼书者子
对而忘机

桑林之子（蚕）

玉山连岳行碧海
油珠绵云舞手足
作茧吐繁五眠后
九孔顽石始登仙

蟋蟀

蟋蟀之体
玉质覆与
珀瑙杂与
流与结与
莹与含与

蟋蟀之首
钳与龃与
戾与摇与

蟋蟀之羽
夏梅展与
宫商悦与

蟋蟀之腿
据与兴与
苞与盈与

扬之水

扬之水
不流束薪
谁谓时竭
日夜不歇
何谓路远
寸进寸宜

扬之水
不流束楚
谁谓时湍
自在中流
何怨行久
本在道中

萤火虫

忽天灯得下降
恰磷火获飞动
逢四季之夏时
衍流亮于彼夜
匪流星之瞬逝
异草木之炬烈
若阴极而阳始
与深暗肇有明
光微微乎有聚
稚点点兮行移
忽摇绕升蔓舞
或折转起笔讯
起群升以应天
降闲徐与英落
循遁迹于罐瓶
或放飞于手掬
何难追何难追
彼旧日之风影

瞻彼骥斯

振振鹭斯　载飞载止
勉彼飞隼　亦缚于天
瞻彼骥斯　行彼原隰
何谓云远　道之靡极
云共与斯　惟风及雨
载冼载泞　周爰斯文
云濡及兹　湛露行雷
载饥载渴　周爰斯哲
云燕和乐　勉彼小星
载夜载途　周爰斯行
云安也且　不遑归宁
昭假跻跻　由敬由祉
无疆是止　率履薄将
殷徂思行　有敷其实

子宣

谅天地之德爱

获蜕变值七年

安心神于高定

远暇目于偏居

湛湛乎何仁形

发尤物以应时

珪玉不饰其表

置金珠于摒弃

熔奇机于凝铁

固纯精与自性

窈无物而发声

音绳绳于尔化

向宇宙与均宣

螫螫兮　混混兮

赦赦兮　湟湟兮

何良人兮　彼乔之灵

宜尔子孙

君子万年

其他

律

格物明心性

精义行材德

素简养舜华

不堕自清扬

不诚

金桌银盏玛瑙壶
犀杯心灯白玉盘

萍水之交无实意
惊鸿飞霞一场空

记流水账

壬寅冬月十七

邀师友

至大少家

吃蛋饺

试咸货

尝四季豆

撕老公鸡

旋青鱼头尾

嚼大肠头

啖浙江年糕

食象山海鲜

啃鸭脚包

咂葛根

话家常

咪酱酒

嗦挂面

吸水烟

喝小青柑

王维篇

烟柳勤拂面
波清红鱼闲
凭栏六芙蓉
灵龟石上歇
抖落尘与事
空旷赴时宜
初开摩诘卷
坐览云中篇

人生

问世不由己
生物无久形
开支凭日付
人生如租期
作为局于知
言行限于时
在世何为永
去后孰将存
此身非自己
凋零自有期

硕人

女牵其裙　载踮其脚
硕人其发　英姿卓越
既踮其脚　载牵其裙
硕人于宇　令舞令展

宴

品鲜美之鳜鱼兮　啖满膏之河蟹
咀甘糯之锥栗兮　嚼辛香之腌菜
既上板鸭与烧鸡兮　又端肥牛与烤羊
何白条之嫩甜兮　亦赞美于炖鳖
忽交筷于藕圆兮　又停箸于渣肉
宴宾客以佳酿兮　旨且满而令仪

制姜

湘地嫩姜
纯水净之
择其善茎
左右刨之
切之以均
晾之入罐
没之以汤
不日成之

醉西湖

西湖晴好　群山朗润
绿叶叠翠　树阴青森
浪涌十里　画舫流金
吴女如云　青丝如瀑

歌曰：
别春夜微凉　入夏稻荷香
羡与李白饮　举杯对月光

致李白（一）

洪波凌汛不可泳
山仰峰峻不可攀
龙目逆鳞不可染
天书神文不可方

扫遒墨以蔽日
摧笔力而月残

追天紫电行急令
狂风奏浪送洪波

文星为君照
昼夜为君劳
细腰揉尔肩
楚王贻尔鞭
六龙督尔驾
旨酒玉露漱尔心田

致李白（二）

呼纳吐紫气

冠盖带虹霓

手拿绿玉杖

翩振彩蝶衣

目暇丹碧贵

手拂芳草青

脚踏回旋飙

挥袖惊风雷

德安云中君

眉展千里云

伐断耀明镜

果敢斩浪鲸

呼喝猛兽散

浅吟鸾凤归

秋风动底色

声名摧上林

心忧五湖客

情怀天下民

致李白（三）

白刃照寒璧

拔剑摄严霜

但赴瑶池浴

凭栏倚天宫

身可安清浅

鼻吸干长虹

冠带扬素雪

抚壁生芙蓉

眉间浮日月

沉文溢江海

抱樽倾金罍

动魄散颜色

有情在朝暮

长聚长相思